15 Novembre 1906

Marqué PN

COLLECTION

DE

M. SERGE VON DERWIES

COLLECTION

DE

M. Serge Von DERWIES

CONDITIONS DE LA VENTE

Elle sera faite au comptant.

Les acquéreurs payeront *dix pour cent* en sus des enchères.

Paris. — Imp. Georges Petit, 12, rue Godot-de-Mauroi. — 17074-06.

CATALOGUE

DE

TABLEAUX

MODERNES

PAR

ROSA BONHEUR, JULES BRETON, DIAZ, DE DREUX
JULES DUPRÉ, GALLAIT, GÉRÔME
HÉBERT, ISABEY, CHARLES JACQUE, LEYS, MARIS, PETTENKOFEN
TROYON, VAUTIER
VERBŒCKHOVEN, VEYRASSAT, ZIEM

COMPOSANT LA

Collection de M. Serge Von DERWIES

ET DONT LA VENTE AURA LIEU A PARIS

GALERIE GEORGES PETIT

8, RUE DE SÈZE, 8

Le Jeudi 15 Novembre 1906

A 2 HEURES 1/2

COMMISSAIRE-PRISEUR	EXPERT
Me PAUL CHEVALLIER	**M. GEORGES PETIT**
10, rue Grange-Batelière, 10	8, rue de Sèze, 8

EXPOSITIONS

PARTICULIÈRE : Le Mardi 13 Novembre 1906, de 10 heures à 6 heures.
PUBLIQUE : Le Mercredi 14 Novembre 1906, de 10 heures à 6 heures.

Tableaux Modernes

ACHENBACH (Oswald)

1 — *Dans la baie de Naples.*

Au premier plan, une felouque conduite par un rameur à bonnet rouge et montée par trois personnages, approche du bord, tandis que, à côté, une autre felouque va s'éloigner. A droite et à gauche, des vaisseaux, dont un trois-mâts. Au fond, sous la lumière tamisée qui fait glisser de pâles reflets à la surface de l'eau, le Vésuve empanaché de fumée.

Signé vers la gauche, en bas : *Osw. Achenbach.*

Toile. Haut., 1 m. 65 ; larg., 1 m. 10.

4.800
Chaine et Simonson

AUBERT (J.)

2 — *Sapho.*

Elle est assise sur une roche, tournant le dos à la mer. Elle est drapée de blanc et relève vers son cou sa main droite; un bracelet d'or encercle son poignet; une couronne de feuillage orne ses cheveux blonds.

Signé à gauche, en bas : *Jean Aubert.*

Toile. Haut., 48 cent.; larg., 34 cent.

200
Renaud

BARON (H.)

3 — *Sur la terrasse.*

Les deux femmes, vêtues de jaune, de blanc et de grenat, sont venues sur la terrasse et regardent la mer qu'on aperçoit au loin. L'une des figures se détache sur un massif d'arbres. Un rayon de soleil vient chanter sur la robe de soie jaune de la femme placée au premier plan.

Signé à droite, vers le milieu : *H. Baron.*

Panneau. Haut., 10 cent. ; larg., 13 cent.

BONHEUR (Rosa)

4 — *Le Départ pour le marché.*

C'est dans la plaine de Chailly, aux confins de la forêt de Fontainebleau. Dans le matin qui se lève, on voit s'avancer un troupeau de moutons et trois vaches, conduits par un homme monté sur un cheval blanc et accompagné d'un jeune paysan. Les vaches ont la robe alezane. Parmi les moutons, il en est dont la laine est brune. Ils s'avancent, donnant de temps en temps un coups de dents aux herbes et aux bruyères qui cachent le sol. Au fond, vers la gauche, on aperçoit deux cavaliers, suivis d'un autre troupeau. Le soleil, qui filtre à travers les nuages encore embrumés, vient mettre de blonds rayons sur la tête et l'encolure du cheval blanc et sur l'échine des bêtes.

Ce tableau est un des chefs-d'œuvre qui ont établi la renommée de l'artiste.

Signé à droite, en bas : *Rosa Bonheur, 1854.*

Panneau. Haut., 46 cent.; larg., 67 cent.

BRETON (Jules)

5 — *L'Attente.*

Sur le rocher qui domine la mer, la femme du pêcheur est couchée. Elle soutient de sa main droite sa tête, dont le profil puissant se dessine en un relief vivant. Devant elle, l'infini : de ses yeux, où s'est réfugiée toute l'intensité de son être, elle regarde...; elle espère qu'une voile va paraître à l'horizon... et les heures passent. Près d'elle, elle a laissé rouler sa quenouille non filée.

Signé à droite, en bas : *Jules Breton, 1874.*

Toile. Haut., 1 m. 63; larg., 2 m. 55.

CALAME

6 — *Au bord du torrent.*

Parmi les roches, au pied de la montagne, l'eau se précipite, cascadant de pierre en pierre parmi l'écume dont se bordent ses flots successifs. A droite, dans un creux, presque à l'ombre de grands arbres qui étendent au-dessus d'eux leurs frondaisons épaisses, deux hommes sont assis et causent, l'un vêtu d'une blouse bleue et coiffé d'un feutre noir, l'autre vu presque de face, tenant une perche à la main, vêtu d'une veste brune et coiffé de rouge. Le soleil qui décline met de chaudes clartés sur le sommet des montagnes et fait blondir le ciel bleu marqué de nuages blancs et gris.

Signé à droite, en bas : *A. Calame.*

Toile. Haut., 29 cent.; larg., 39 cent.

CASTAN (E.)

7 — *La Mère.*

Elle est assise près d'une armoire ouverte, le pied gauche posé sur un tabouret et elle donne le sein à son enfant, dont les chaussons sont tombés à terre.

Signé à gauche, en bas : *Edmond Castan, 1866.*

Panneau. Haut., 25 cent.; larg., 19 cent.

CHEVILLIARD (V.)

8 — *L'Heure du café.*

Le déjeuner fut bon et, la main étendue sur la table desservie, mais encore couverte d'une nappe, l'abbé, commodément abandonné sur sa chaise, digère et trouve que la vie a du bon. Derrière lui, on aperçoit une fenêtre dont les volets sont à demi fermés.

Signé à gauche, en bas : *V. Chevilliard.*

Panneau. Haut., 14 cent.; larg., 12 cent.

CONINCK (P. de)

9 — *La Petite pêcheuse.*

Elle est assise, vue de face, sur une poutre au bord de l'eau. Elle tient, de la main gauche, sa ligne qu'elle a faite d'une branche d'arbre et montre le petit poisson qu'elle vient de pêcher. Derrière elle, un bois et une allée.

Signé à droite, vers le milieu : *P. de Coninck.*

Toile. Haut., 1 m. 26; larg., 88 cent.

DIAZ DE LA PEÑA (N.)

10 — *Vision d'Orient.*

Au-devant d'une arcade de pierre qui se dresse dans le jardin du harem, des femmes sont assise sur des coussins et des tapis jetés à terre. Elles sont vêtues de riches costumes et parées de joailleries. Une servante s'éloigne vers la gauche, portant un plateau et des tasses. Trois femmes sont assises. Une quatrième se tient debout derrière elles. Enfin, sous l'arcade, on aperçoit une autre figure vêtue de blanc et de rose qui s'avance. Une large traînée de soleil vient caresser le mur dans lequel s'ouvre l'arcade. Dans le haut, on aperçoit le ciel bleu.

Signé à droite, en bas : *N. Diaz, 70.*

Toile. Haut., 73 cent.; larg., 59 cent.

DIAZ DE LA PEÑA (N.)

11 — *Coucher de soleil sur la clairière.*

Derrière un rideau d'arbres, un pré s'étend et, parmi les branches et au-dessus du pré, le ciel plane, tout incendié des clartés fauves du soleil qui se couche : pourtant, de place en place, la superposition des nuées laisse apparaître un pan d'azur. Dans les premiers plans, une petite mare miroite à demi-cachée sous les herbes. Plus loin, au pied des arbres, deux masses de pierre s'offrent aux mousses qui les revêtent. Entre deux arbres, vers la droite, une paysanne se tient debout, vue de dos, vêtue d'une pèlerine beige et d'une jupe rouge, et coiffée d'un bonnet blanc sur ses cheveux noirs.

Signé à gauche, en bas : *N. Diaz, 68.*

Toile. Haut., 27 cent.; larg., 38 cent.

DREUX (A. de)

12 — *Un Saint-Bernard.*

Sur le plateau, il est couché, la tête droite, les pattes de devant allongées, les pattes de derrière ramenées sous lui. Son poil blanc est marqué de quelques touffes de poils feu. Son arcade sourcilière est plantée de poils noirs ; il a l'air grave : il a cette physionomie de méditation intérieure très remarquable chez les chiens qui ont un besoin physique de sommeil et une fonction instinctive de garde. Sa noble silhouette se détache sur un fond de paysage, dont l'horizon indique la crête des montagnes. A droite, au fond, on aperçoit un berger assis, gardant son troupeau. Le ciel est assombri par des nuées d'orage.

Signé à gauche, en bas : *Alfred de Dreux.*

Toile. Haut., 1 m. 15 ; larg., 1 m. 47.

DUPRÉ (Jules)

13 — *L'Étang.*

Au premier plan, l'étang se dessine, la surface piquée de roseaux. Sur la rive la plus éloignée, en bordure d'un pré, des vaches se sont avancées et se désaltèrent. Au milieu du pré, un massif d'arbres se dresse, dont les frondaisons épaisses apparaissent, sous la lumière du jour qui décline, avec des tons qui vont du vert sombre au vert clair ardoisé. Dans le fond, sur l'horizon, on devine une forêt. La silhouette des grands arbres qui occupent le milieu du tableau se dessine sur un fond de ciel dont l'azur est en partie voilé par de belles nuées blanches et lumineuses : leurs formes fugitives se réfléchissent dans le miroir de l'eau.

Signé à gauche, en bas : *Jules Dupré.*

Toile. Haut., 30 cent.; larg., 37 cent.

GALLAIT (L.)

14 — *Art et Liberté.*

Le petit tzigane a joué du violon ; il a tiré de l'âme de l'instrument des accents où il a dit toute sa vie de fatigue et d'incertitude et aussi toute sa passion pour l'art, et voici que près de lui, la femme qui a souffert, la mère, a vu passer devant ses yeux le spectacle de ses angoisses, celles qui furent vécues, celles qui restent à vivre. Des larmes tombent de sa paupière, tandis que son regard se lève en une prière muette. De la main droite, elle arrête l'archet du jeune artiste et, du bras gauche, elle serre contre sa poitrine l'enfant innocent qui ne comprend pas encore et tète son pouce.

Signé à droite, en bas : *Louis Gallait, Paris, 1853.*

Toile. Haut., 1 m. 21 ; larg., 94 cent.

GÉROME (J.-L.)

15 — *Le Graveur à l'eau-forte.*

Dans le coin de son atelier, près de la fenêtre dont la lumière est tamisée par un écran, le graveur est assis, le torse penché en avant, le col tendu, la tête attentive au cuivre qu'il est en train de faire mordre. Devant lui, les flacons d'acide. Sur un meuble, le tampon à encre et la bouteille de vernis. Derrière lui, les feuilles à demi déployées d'un paravent en cuir de Cordoue, garni de clous de cuivre. Dans le fond, à droite, on aperçoit une rampe d'escalier en bois.

Signé à gauche, vers le milieu : *J.-L. Gérôme.*

Panneau. Haut., 56 cent.; larg., 47 cent.

1.220
Chaine et Simonson

HAAS (J. de)

16 — *Vaches au pâturage.*

Dans la campagne aux herbes vertes émaillées de fleurs, trois vaches sont au pâturage, l'une, noire et blanche, est couchée paresseusement ; près d'elle, les autres se tiennent debout, vues de profil à gauche. La première est rousse, la seconde noire, tachetée de blanc. Au fond, à droite, on aperçoit un autre troupeau paissant. A gauche, au-dessus de petits arbres et plus loin qu'une haie de bois, un vol de pigeons s'élève. Le ciel est calme, avec quelques nuées blanches et grises sur un fond d'azur.

Signé à gauche, en bas : *J. de Haas.*

Toile. Haut., 48 cent.; larg., 72 cent.

8.100
Gouned

HÉBERT

17 — *La Fille du Liban.*

Elle est vue de face, la tête légèrement penchée vers la droite et enveloppée d'un voile de linon aux broderies de couleurs vives. Des boucles d'or pendent à ses oreilles, un collier d'or à larmes de corail s'arrondit sur son col. Ses cheveux bruns laissent sur son front voltiger des frisures légères. Son visage est d'une beauté antique ; sa bouche, au dessin régulier, son menton rond, son nez d'une ligne pure, l'ovale du visage, sont d'un charme délicat, et dans ses grands yeux noirs où s'éteint la passion, il y a de la mélancolie. Toute la figure se détache sur un fond de feuillage.

Le maître a peint ce tableau à Rome, au temps où, pour la première fois, il dirigeait l'Académie de France.

Signé à gauche du mongramme : *E.* (?) *H.*

Toile ovale. Haut., 66 cent.; larg., 58 cent.

HILDEBRANDT

18 — *La Tempête.*

La vague est agitée : sa crête est blanche d'écume ; la tempête est déchaînée et les mouettes, sous le ciel sombre, volent affolées ; un bateau, sur l'élément aux spasmes violents, est ballotté.

Signé à gauche, en bas : *E. Hildebrandt.*

Toile. Haut., 28 cent. 1/2 ; larg., 40 cent.

HOGUET

19 — *Un Burg au bord du Rhin.*

Vers la droite, dominant le fleuve aux eaux vertes, le burg se dresse, farouche et grave, masse de pierre dont la silhouette se dessine sur le ciel lumineux et dont la robustesse défie les siècles. Autour du roc qui le porte, des aigles au vol qui plane semblent faire faction. Sur le chemin qui conduit au burg, vers la gauche, deux hommes d'armes vus de dos devisent à cheval. Dans les frondaisons de quelques arbres, l'automne a mis des rousseurs fauves.

Signé à droite, en bas : *Hoguet, 67.*

Toile. Haut., 31 cent. ; larg., 50 cent.

ISABEY (Eugène)

20 — *La Défense du château.*

Le long du chemin de ronde qui descend du château dressé sur le sommet comme un nid d'aigles, les troupes descendent, leurs étendards déployés. Elles défilent devant le noble duc qui se tient à cheval sur le plateau et lève d'un bras vaillant sa lourde épée. Autour de lui, les trompettes sonnent, les hallebardiers sont rangés, les guerriers armés de la lance sont en selle, les gonfalons flottent au vent. Au premier plan, à droite, un homme en armure lève son épée avant de monter à cheval. Du haut de la tour, des couleuvrines font feu. Et, dans cette foule aux costumes brillants, aux armures étincelantes, dans cette foule où s'élève une clameur confuse et forte, on devine qu'un frisson d'héroïsme passe. Jamais Isabey n'a traduit avec plus de force, plus d'éclat, l'âme féodale.

Signé à droite, en bas : *E. Isabey, 68.*

Toile. Haut., 84 cent.; larg., 56 cent. 1/2.

JACQUE (Ch.)

21 — *Chevaux à l'écurie.*

Dans l'écurie, cinq chevaux sont devant leur mangeoire, attendant que le palefrenier ait achevé de garnir leur ratelier. Ces chevaux sont vus de trois quarts à droite et de dos. Ils sont de robes différentes, l'un noir, l'autre gris, le troisième bai brun, le quatrième blanc et le dernier gris pommelé. Par la fenêtre de l'écurie, une large lumière vient caresser leurs croupes puissantes. Au premier plan, un coq blanc cherche sa vie parmi la paille jetée à terre.

Signé à gauche, en bas : *Ch. Jacque.*

Toile. Haut., 67 cent. 1/2; larg., 98 cent.

3.050

JACQUE (Ch.)

Boussod

22 — *Coqs et poules.*

Sur le tas de paille qui se trouve près de la ferme, la fermière qu'on aperçoit à gauche tenant son enfant par la main vient de jeter du grain, et les poules blanches, marron, faisannes, de Houdan, s'en donnent à cœur-joie de picorer parmi les fétus d'or. Dominant tout le groupe, un coq se tient, majestueux et raide, sur le haut du tas de paille, la crête vive, la queue en panache étalée. Au premier plan, deux canards barbotent dans une mare. Au fond, le terrain de la ferme est clos par une cloison de planches au-dessus de laquelle on aperçoit un arbre aux frondaisons largement étendues.

Signé à droite, en bas : *Ch. Jacque.*

Panneau. Haut., 17 cent. 1/2 ; larg., 23 cent. 2/2.

22 bis Jacque. Tête de femme

1.200

Schoeller

LEYS (H.)

23 — *La Partie de tric-trac.*

3.700

Stern

Les deux reîtres en costumes élégants sont en train de jouer au tric-trac ; l'un, debout, vu de profil à gauche, écoute ce que dit son partenaire, assis, son épée entre les jambes, qui indique de la main gauche le coup fait et tient près de la cuisse droite son chapeau gris de l'autre main. Derrière le joueur assis, un homme se tient debout, un large feutre noir sur la tête et le torse drapé dans une cape noire également.

Signé à droite, en bas : *H. Leys.*

Toile. Haut., 66 cent. ; larg., 54 cent.

24.000.

MARIS (J.)

24 — *Vue d'une ville hollandaise.*

De chaque côté du fleuve que traverse une barque manœuvrée à une rame par un homme en casquette et blouse noires, les constructions s'élèvent, brunes et toiturées de tuiles rouges ; à gauche, quelques arbres sont alignés devant les maisons, deux sloops de pêche sont à l'ancre. Au fond, un pont tournant, dont l'armature dresse ses lignes rigides sur le fond du ciel bleu, au-devant duquel s'envole une large nuée blanche. Les clairs reflets du ciel se réfléchissent, ainsi que les constructions, dans l'eau limpide et courante.

Remarquable tableau dans l'œuvre du célèbre peintre hollandais.

Signé à droite, en bas : *J. Maris, 73.*

Toile. Haut., 37 cent.; larg., 57 cent.

MEYER VON BREMEN

6.800 25 — *La Lettre.*

Dans la cuisine, les deux jeunes filles sont en train de lire une lettre qui les réjouit. Leur visage s'illumine de gaieté, tandis qu'elle suivent les lignes écrites sur la feuille blanche que l'une d'elles, la blonde, tient de la main droite. Ce courrier est arrivé au moment où elle épluchait des légumes, et elle n'a pas pris le temps de déposer son couteau. Sa compagne, qui se tient près d'elle debout et apparaît dans l'ombre, porte au bras gauche un panier et a ses cheveux châtain clair coiffés d'un bonnet rouge. Elle s'appuie de la main droite sur la table, dont la rallonge mobile est abattue. La jeune fille qui tient la lettre est vêtue d'une jupe marron, d'un tablier bleu relevé à la ceinture et d'un fichu beige jeté sur sa chemise blanche. Sur la table, derrière elle, on voit l'enveloppe ouverte de la lettre, deux choux et un poireau. A droite, le fourneau d'où s'échappent des lueurs fauves.

Signé à gauche, en bas : *Meyer von Bremen, Berlin, 1869.*

Toile. Haut., 46 cent.; larg., 37 cent.

PETTENKOFEN (A. de)

6.100
Boussod Valadon

26 — *Le Rendez-vous.*

Il a conduit ses deux chevaux, l'un blanc et l'autre bai brun, près du mur en terre où il savait être attendu, et voici qu'une jeune fille, l'aimée, se hausse jusqu'à lui. Autour d'eux, le grand silence de la nature, des arbres au feuillage rare, un ciel gris traversé par une nuée blanche.

Signé à droite, vers le milieu : *Pettenkofen.*

Panneau. Haut., 23 cent.; larg., 29 cent.

PETTENKOFEN (A. de)

4.800

27 — *Les Marais.*

Les chevaux sont entrés dans l'eau jusqu'aux genoux. Il y en a deux bai brun et un blanc ; près d'eux, un poulain risque un sabot timide dans la fraîcheur qu'il ignore encore. Le vent qui souffle soulève leurs crinières. Autour d'eux, c'est la solitude : un sol mamelonné, aux herbes rares, que l'eau qui monte a déchiqueté par endroits. Dans le ciel, de grands nuages aux chevauchées tragiques.

Signé à gauche, en bas : *Pettenkofen, 1859.*

Panneau. Haut., 19 cent.; larg., 27 cent.

ROUSSEAU (Philippe)

28 — *Après la chasse.*

Dans un coin de cuisine, sur une table de pierre, le chasseur a déposé sa poire à poudre et sa gibecière. A un clou contre le mur, il a suspendu un héron, un lièvre et un coq de bruyère.

Très joli tableau du maître.

Signé à droite, en bas : *Ph. Rousseau.*

Panneau. Haut., 26 cent. 1/2 ; larg., 22 cent.

TROYON (C.)

29 — *La Rentrée des bêtes.*

Au bord de la rivière, des bœufs et un âne s'avancent, suivant le chemin de halage. A gauche, le gardien s'efforce de faire sortir de l'eau d'autres bêtes qui s'y trouvent au frais. A droite, un chien de berger au poil noir est arrêté, surveillant les bêtes dont il a la garde. Au fond, de grands arbres dressent la masse imposante de leurs branches feuillues vers le ciel bleu, au-devant duquel glissent des nuées transparentes et blanches. Sur le sol, le soleil qui décline fait ramper une belle lumière blonde. A gauche, de l'autre côté de la rivière, on aperçoit un pré marqué de place en place par des massifs de grands arbres.

Tableau très important dans l'œuvre du maître et fort intéressant par la diversité des bêtes et l'extraordinaire vérité des mouvements que le peintre a exprimés.

Signé à droite, en bas : *C. Troyon.*

Toile. Haut., 70 cent. ; larg., 1 mètre.

TROYON (C.)

30 — *La Charrette de paille.*

Dans la campagne, une charrette de paille attelée d'un cheval bai, vu de trois quarts à droite, et de face et en flèche d'un cheval blanc, vu de profil à droite. Le ciel est gris, mais une traînée de lumière vient cependant dorer la croupe du cheval blanc. Le cheval qui est dans les brancards appuie sa tête sur la croupe de son compagnon. La charrette est arrêtée et sa charge pèse sur l'arrière.

Porte à gauche, en bas, le timbre de la vente.

Haut., 54 cent.; larg., 65 cent.

VAUTIER

31 — « *Les Noces d'or.* »

Les deux bons vieux ont voulu, pour leur anniversaire, rejouer encore la sonatine dont les harmonies vieillottes avaient bercé leur jeune tendresse. La vieille en bonnet de mousseline à pois, en robe héliotrope à bouquets de roses avec un fichu croisé sur la poitrine, est assise à son clavecin ; près d'elle, dans un verre, elle a mis le petit bouquet de violettes qu'elle a trouvé à son réveil. Debout, derrière elle, en habit et culotte beige, le vieux joue de la flûte. Derrière lui, sur une chaise, les yeux à demi clos, le chien écoute. Au premier plan, à droite sur le parquet et appuyé contre une chaise, un carton dans lequel se trouve de la musique. Au fond, une tapisserie.

Signé à gauche, en bas : *Vautier, 70.*

Toile. Haut., 58 cent.; larg., 51 cent.

VERBŒCKHOVEN (E.)

32 — *Au Pâturage.*

Dans un pré, une chèvre couchée près de son chevreau, une brebis vue de profil à gauche et un bélier aux cornes puissantes, tournées en spirales. A droite, au premier plan, deux canards barbotant dans une mare. Plus loin, du même côté, une autre mare, puis un pré où paissent des bêtes, puis les maisons d'un hameau. Dans le ciel, de grands nuages gris se dessinent sur un rideau d'azur.

Signé à gauche, en bas : *Eugène Verbœckhoven, 1857.*

Panneau. Haut., 56 cent.; larg., 76 cent.

VEYRASSAT

33 — *Le Bac.*

On a amené sur le bac la lourde charrette chargée de foin, et l'on y a fait monter encore deux chevaux. A gauche, la rivière s'étend, et l'on aperçoit sous la lumière diffuse sa rive plantée d'arbres. A droite, quelques saules. Devant le ciel bleu, d'amples nuages blancs.

Signé à droite, en bas : *J. Veyrassat.*

Panneau. Haut., 29 cent.; larg., 40 cent.

37 200
Boussod et Valadon

ZIEM

34 — *Venise.*

C'est le jour où, selon le rite, le doge, monté sur le *Bucentaure*, va marier la République de Venise avec l'Adriatique. Le *Bucentaure* apparaît en partie à droite, magnifiquement gréé et chargé de passagers. A gauche, on aperçoit la Piazzetta, le palais des Doges et les autres palais qui longent le quai et que le soleil dore d'un blond rayon. Au milieu, en avant de la Piazzetta, des personnages en robes bleue, rouge, grenat, vont monter dans des gondoles que tiennent les gondoliers coiffés du bonnet rouge. Sur la Piazzetta, un nègre joue avec un chien. A gauche, un homme et une femme sont assis, offrant à des acheteurs éventuels des verroteries de Venise. Au fond, des bâtiments sont à l'ancre. Le ciel est magnifiquement bleu, avec des transparences d'émeraude.

Signé à gauche, en bas : *Ziem*.

Toile. Haut., 1 m. 20; larg., 82 cent.

RED. :

16

0 1 2 3 4 5 6 7 8 9 10

www.ingramcontent.com/pod-product-compliance
Ingram Content Group UK Ltd.
Pitfield, Milton Keynes, MK11 3LW, UK
UKHW021040260726
13994UKWH00005B/2277

9 782329 311487